DISCOURS

DE MARAT,

Sur la défense de Louis XVI, la conduite à tenir par la Convention, et la marche alarmante que la faction royaliste s'efforce de lui faire suivre dans le jugement du tyran détrôné;

Imprimé par ordre de la Convention nationale.

CITOYENS,

Les attentats de Louis XVI sont constatés, ils sont sans nombre comme sans excuse : la nation vous demande vengeance, & vous ne pouvez vous dispenser d'envoyer le tyran au supplice.

Ces vérités étoient écrites dans vos cœurs : une faction ennemie se hérissant de scrupules, de craintes, de terreurs, & s'armant de vains sophismes, entreprend aujourd'hui de les renverser : vous les avez vous-mêmes mises en question ; vous voilà devenus le jouet d'une poignée d'intrigans, coalisés pour sauver le despote & rétablir le despotisme. Mon devoir m'appelle à cette tribune, moins pour fixer vos idées sur les crimes de Louis XVI, la peine qu'ils méritent & le droit que vous avez de la lui infli-

A

ger sans appel, que pour retracer à la Convention les inconvé-
niens de la marche qu'on lui a fait prendre dans ce grand procès, &
les dangers de la marche qu'on s'obstine à lui faire suivre, pour dé-
chirer le voile, & dénoncer aux fidèles représentans du peuple un
horrible complot, qui allumeroit bientôr parmi nous les torches
de la guerre civile, si les véritables amis de la patrie ne s'em-
pressoient de répandre l'alarme ; s'ils ne se faisoient un devoir sa-
cré d'arracher le masque aux machinateurs, d'imprimer sur leur
front le cachet de l'opprobre.

Eh ! quels sont les hommes pervers qui ont osé tramer ces affreux complots, au sein même de cette assemblée ? Ce sont ces
lâches intrigans, qui promènent dans tous les coins de la République le souffle empoisonné de la calomnie contre les meilleurs
citoyens. Ce sont ces fourbes séditieux, qui crient continuelle-
ment haro sur les apôtres de la liberté, qu'ils traitent d'agitateurs.
Ce sont ces vils scélérats, qui provoquent des décrets d'accusation
contre les défenseurs de la patrie, assez courageux pour les démas-
quer aux yeux de la nation. Ce sont ces hypocrites féroces, qui traitent sans cesse d'incendiaires les écrivains politiques, qui ne craignent pas d'appeller sur la tête des traîtres les vengeances natio-
nales. Citoyens, vous les voyez chaque jour à l'œuvre au milieu de
vous. Eh ! qui pourroit les méconnoître encore à leur marche tor-
tueuse, à leurs basses menées, à leurs lâches intrigues, à leurs noi-
res manœuvres, à leurs liaisons ministérielles, à leurs honteuses
profusions, & à l'opulence où ils nagent au milieu de la misère
publique. Les perfides tremblent d'être démasqués. Avec quelle
astuce ils se sont empressés d'étouffer la voix du peuple, dans l'im-
portante discussion qui nous occupe, pour empêcher que le tor-
rent de l'indignation publique, se tournant contre eux, ne leur
fit perdre en un instant le fruit de leurs longues machinations ! Et
c'est vous, citoyens, qui, sans y songer, favorisez le succès de leurs
perfidies, en imposant silence aux tribunes par un décret atten-
tatoire à la liberté des opinions : décret qu'ils ne manquent jamais
de provoquer dans les discussions où ils craignent la défaveur, &
qu'ils sont les premiers à fouler aux pieds dans les discussions
où ils savent en imposer par des applaudissemens mendiés. Loin
de moi le projet odieux de blesser les convenances, & d'offenser,
de gaieté de cœur, les méchans même : mais je ne trahirai point
mon devoir : feriez-vous moins fidèles au vôtre ! Non, citoyens,
j'aurai donc le courage, pour le salut public, d'articuler ici de
dures vérités, & vous aurez celui de les entendre.

Dieu, qui connois les cœurs, reçois mon serment : si jamais

j'eüs d'autre defir que celui de fauver la patrie ; fi jamais j'eüs d'autre ambition que celle de m'immoler au falut du peuple ; fi jamais aucune vûe de cupidité entre dans mon ame ; fi jamais je repouffe des vues falutaires propofées par mes plus cruels ennemis ; fi jamais je retiens captives d'utiles vérités ; puiffe la terre s'entr'ouvrir fous mes pas pour m'engloutir ! Que mes lâches détracteurs mettent la main fur leur confcience, & qu'ils répétent ce ferment fans rougir.

Je le dirai fans détour : c'eft un grand malheur, à mes yeux, que le dix août le peuple n'ait pas précipité dans la même foffe le tyran avec fes fatellites. Par cet acte éclatant de juftice, il n'eût pas fimplement prévenu l'état de perplexité où les fuppôts de la royauté s'efforcent de vous jetter ; mais les embarras, les troubles, les défordres, les diffenfions, les defaftres où ils cherchent à plonger la nation, pour affurer l'impunité du tyran ; mais la guerre civile & la diffolution de l'état, qui feroient bientôt la fuite infaillible de leurs manœuvres ténébreufes.

C'eft à la fageffe de la Convention à prévenir ces malheurs : elle n'y parviendra qu'en rempliffant avec fidélité, courage & conftance les devoirs de fa miffion fublime : mais pour en connoître toute l'étendue, il eft indifpenfable qu'elle fe reporte aux événemens du dix août, qui ont provoqué fa convocation.

L'affemblée légiflative, atterrée par les fcènes terribles de ce jour mémorable, bien convaincue, d'ailleurs, qu'elle avoit perdu fans retour la confiance du peuple, et fentant trop combien elle étoit déformais incapable de rétablir l'ordre dans le royaume, plus encore d'affurer la félicité publique, n'ofant même ftatuer fur le fort du monarque, fe contenta de le mettre en état d'arreftation, & de convoquer une convention nationale pour juger le tyran, & réformer la conftitution dont elle avoit fi fort multiplié les vices, & dont il avoit fi cruellement abufé pour détruire la liberté, tyrannifer fes défenfeurs, & défoler la patrie.

Dès-lors, prévoyant que la Convention ne feroit bien compofée qu'autant qu'elle auroit été élue par le peuple, convoqué en affemblées primaires, je fis tous mes efforts pour faire adopter cette mefure, également de droit & de fageffe. Guadet, dont le civifme étoit déja plus qu'équivoque, (1) fit paffer le décret qui en remettoit la nomination aux corps électoraux, très-mal compofés eux-mêmes dans la plupart des départemens, & prefque

____

(1). Voyez le n°. 677 de l'Ami du Peuple.

par-tout fi faciles à corrompre. A peine rendu, je préfageai (1) que l'or des ennemis de la révolution feroit prodigué pour faire tomber le choix fur de faux amis de la patrie.

L'événement, citoyens, n'a que trop juftifié ce trifte préfage, à en juger par la faction qui influence l'affemblée ; faction dans laquelle on compte un grand nombre de fuppôts de l'ancien régime qui en regrettent les abus ; d'anciens valets de la cour, d'anciens financiers, des vampires privilégiés, des prélats fcandaleux, des légiftes, des praticiens, des fuppôts de la chicane. Comment des hommes fi long-temps en poffeffion du privilège affreux d'opprimer le peuple, de s'enrichir de fes dépouilles, de s'engraiffer de fa fueur & de fon fang ; des hommes qui faifoient naguères le défefpoir de leurs égaux, de leurs femblables, de leurs cliens, feroient-ils jamais le bonheur du peuple ? C'eft d'eux que nous vient aujourd'hui la prolongation de nos maux, c'eft d'eux que nous viendront les nouvelles calamités qui nous menacent ; car ce font eux qui dominent la Convention, qui la mettent dans l'impuiffance de faire le bien, qui la perdent dans l'opinion publique, & qui achevèront d'entraîner la nation dans l'abyme, fi vous ne vous élevez enfin à la hauteur de vos fonctions.

A la marche qu'ils ont donnée à la procédure de Louis XVI, qui ne voit qu'ils n'ont en vue que de tirer l'affaire en longueur, jufqu'à ce que le moment foit venu de fauver le tyran ?

Je vous l'ai dit à cette tribune : Dès la première lecture de l'acte énonciatif des crimes du monarque, preffentant les embarras dans lefquels vous alliez vous trouver, je vous invitai à reftreindre les chefs d'accufation au petit nombre de crimes dont la preuve juridique étoit acquife, & notamment au maffacre des Tuileries. Les ennemis de la liberté n'ont paru accueillir cette propofition, que pour la repouffer bientôt après ; mes craintes ne fe font que trop réalifées, vous voilà engagés dans un dédale obfcur dont vous n'appercevez encore ni les détours ni les iffues.

Les preuves de toutes les trahifons du monarque & de fes agens, étoient écrites de fa main, & renfermées dans une armoire cachée de fon palais. Cet important fecret venoit d'être révélé à quelques membres de votre comité de fûreté générale ; le miniftre de l'intérieur en eft informé, il s'empreffe (2) de les prévenir ; &

---

(1) N'est-il pas plaisant que ce soit le même homme qui s'agite aujourd'hui pour renvoyer aux assemblées primaires la révision des nominations?

(2) Il y a cent à parier contre un que Roland étoit dans le secret lors de sa première nomination au ministère.

bientôt accompagné de deux affidés, (témoins indignes de loi) il enlève furtivement ces papiers, il en fait à loifir l'examen, le triage, le dépouillement ; puis il accourt vous remettre le reste pour afficher fon faux civifme, & confommer fon complot. A quel homme de fens perfuadera-t-il qu'il n'a pas fouftrait ceux qui pouvoient fervir de pièces de conviction contre l'ex-monarque & fes complices, pour ne remettre que ceux qui dépofent contre quelques agens fubalternes, quelques miniftres abfens, quelques confpirateurs décédés ; ceux qui pouvoient faire naître des foupçons contre plufieurs membres de la Convention, jeter de la défaveur fur la Convention elle-même, y femer la difcorde, y former une cabale intéreffée à fauver le tyran, & à empêcher qu'il ne dénonce fes coopérateurs.

Ces pièces, prefque toutes infignifiantes, devoient être écartées de la procédure ; elles y ont été annexées pour compliquer l'affaire & gagner du temps, au moyen du décret qui porte qu'elles feront toutes livrées à l'impreffion & communiquées à l'accufé.

La manière dont elles lui ont été communiquées, femble même n'avoir été choifie que pour lui ménager les moyens de fe tirer d'affaire : car, au lieu de lui avoir fimplement préfenté fa fignature à reconnoître, on lui a préfenté chaque pièce, & on a fouffert qu'il ne répondît qu'après les avoir examinées : de forte qu'il a avoué celles qui ne difent rien, qu'il a renié celles qui difent quelque chofe, & qu'il a rejetté toutes les autres fur fes miniftres.

A fa feconde comparution à la barre, on lui a de même préfenté les pièces trouvées chez Backmann, major de fes fatellites Suiffes ; il les a méconnues. On lui a préfenté les clefs de l'armoire de fer, enveloppées dans une lettre, adreffée de fa main à Thierry, fon valet de chambre ; il a répondu qu'il ne les connoiffoit pas. Mais que fignifient de pareilles affirmations, de pareilles négations, dans la bouche d'un homme qui s'eft fait une étude du menfonge, de la fourberie & de la trahifon ? Dans la bouche d'un monarque ; qui, le 18 avril 1790, difoit au milieu de cette enceinte, au moment même où il préparoit fa fuite pour Rouen, *qu'il étoit navré jufqu'au fond de l'ame, des bruits d'évafion perfidement répandus dans le public ; qui réclamoit amèrement contre cet outrage fait à la pureté de fes intentions, qui proteftoit folemnellement de fon zèle pour le bonheur du peuple & le maintien de la conftitution ?* Dans la bouche d'un monarque qui répétoit les mêmes affurances, la veille de fa fuite à Montmédi, au moment même où il venoit de figner une proteftation contre la conftitution; & qui, pour mieux endormir le peuple fur lequel il appeloit le fléau de la guerre civile, & qu'il alloit livrer au fer des ennemis, au fer des bourreaux, ordonnoit de brillans préparatifs, pour manger avec plus d'appareil le pain facré?

Mais quand Louis n'auroit pas toujours été un ouvrier de menfonge & d'iniquité, quel parti la Convention prétendoit-elle tirer de la préfentation de ces pièces, elle qui avoit décrété qu'elles ne feroient point preuve contre lui; car elle avoit décidé que leur fignature ne feroit pas vérifiée. Or, c'eft là un aveu tacite qu'elles n'ont été produites que pour embrouiller la procédure & retarder le jugement.

Nous voici aux moyens de défenfe qu'a fait valoir le confeil du tyran : pefons-les un moment, pour les réduire à leur jufte valeur, & en faire fentir la nullité.

Ils font tous contenus fuivant la déclaration même de l'accufé, dans le mémoire que l'un de fes défenfeurs a lu à votre barre.

Laiffons-là fes efforts impuiffans, pour appitoyer l'affemblée fur le fort de Louis, en traçant un tableau des viciffitudes humaines, des jeux de la fortune qui replonge tout-à-coup dans la foule obfcure, ceux qui ont été fi long-temps les maîtres du monde.

Laiffons-là fes efforts impuiffans, pour enchaîner la juftice de l'affemblée, en lui montrant toutes les puiffances de l'Europe intéreffées au fort d'un prince, naguères environné de gloire & de puiffance. Tours de rhéteur, étrangers à la queftion : ce font fes fophifmes qu'il importe de relever.

Partant de la maxime qu'aucun homme ne peut être jugé que d'après des lois antérieures à fes crimes, puis arguant des vices mêmes de la conftitution, dénaturée par des légiflateurs corrompus, il a prétendu « *que Louis étoit abfolument irréchevchable pour tout ce qu'il avoit pu faire comme roi, fa perfonne ayant été déclarée inviolable & facrée, & la loi n'ayant porté contre lui d'autre peine, que la préfomption de fa déchéance, dans le cas même qu'il feroit à la nation une guerre cruelle : crime atroce qui renferme tous les autres.* D'où il fuit que la conftitution auroit donné au monarque le droit de dilapider impunément la fortune publique, de corrompre les dépofitaires de l'autorité, les miniftres des lois, les repréfentans du peuple, de foudoyer des légions d'efpions, de brigands

& d'assassins ; de faire passer aux ennemis de l'état, l'or, les munitions & les armes destinées aux défenseurs de la liberté ; de piller, d'assassiner, d'empoisonner les citoyens, d'asservir & de désoler la patrie, de conspirer la perte de la nation elle-même, & de lui ménager les moyens de la consommer par le fer & le feu, pour le laisser ensuite jouir paisiblement du fruit de ses forfaits. Conséquences absurdes, qui font assez sentir la fausseté du principe de l'inviolabilité absolue.

Tel est pourtant le privilège réclamé à votre barre, en faveur d'un monarque parjure, traître & assassin, par son défenseur officieux. Mais quel abus le tyran lui-même n'a-t-il pas fait de l'égide dont il s'étoit armé ? Vous l'avez vu, se jouant à-la-fois des législateurs & des lois, soustraire ses ministres présens à leur responsabilité, en les couvrant de son inviolabilité ; puis se justifier de toute inculpation, en rendant ces ministres absens responsables de ses propres délits ; vous l'avez entendu, en différentes circonstances, & pour un même attentat, répondre aux représentans du souverain : *ne vous en prenez pas à mes ministres, cela me regarde :* puis, *prenez-vous en à mes ministres, cela ne me regarde pas.*

Louis XVI, dit son défenseur, ne peut, en aucun cas, & pour aucun crime, être jugé comme monarque ; mais, à supposer qu'il soit jugé comme homme, il réclame, en sa faveur, les droits de tout citoyen. Dans cette nouvelle hypothèse, il a voulu récuser la Convention, qu'il représente s'érigeant en tribunal criminel contre toutes les lois, & cumulant des fonctions incompatibles ; celles de dénonciateur, de juri de jugement, de juri d'accusation & de juge. Allégations ridicules, auxquelles les suppôts du royalisme feignent d'attacher beaucoup d'importance, mais dont la fausseté saute aux yeux.

D'abord, il est faux que la Convention se soit créée elle-même juge de Louis XVI ; il est notoire, au contraire, qu'elle a été revêtue, par le peuple français, de pouvoirs illimités, tant pour punir le tyran que pour sauver la chose publique, qui étoit déclarée en péril. Il est faux encore que la Convention ait cumulé les fonctions de dénonciateur, de juri & de juge : car c'est le peuple français qui accuse Louis XVI d'attentats atroces contre la patrie ; & c'est à la Convention qu'il en a remis le jugement.

Enfin, il est faux qu'elle fasse les fonctions de juri d'accusation & de juri de jugement, ces juris n'étant institués que pour constater s'il y a lieu à poursuite : or les crimes du monarque

ne font que trop conftans. Mais qui ne voit que les maximes ordi-
naires de la jurifprudence criminelle ne peuvent s'appliquer aux
tyrans, comme aux fimples particuliers? Le défenfeur officieux
de Louis XVI étoit bien convaincu de cette vérité, lui qui a
foutenu avec tant d'affurance que Louis étoit au-deffus de toutes
les lois.

Je ne dirai rien ici de la proteftation que vous avez entendue
de la bouche de l'accufé, *qu'il n'a jamais eu deffein de faire
répandre le fang, & qu'il n'eut jamais en vue que le bonheur
public.* D'après fon caractère connu, on fent trop à quoi fe réduit une pareille proteftation.

Il fuit de ce qu'il précéde, que fi les crimes du tyran font
conftans & notoires, fes moyens de défenfe font dérifoires &
nuls.

Mais ce n'eft pas de la nullité des moyens de défenfe du tyran
qu'il importe de vous pénétrer; qui de vous ne l'a pas fentie?
C'eft du complot tramé par fes affidés pour l'arracher au fupplice; c'eft des fophifmes ridicules qu'ils employent pour lui
ménager l'impunité; c'eft des efforts criminels qu'ils font pour
le replacer fur le trône. Rien de plus perfide que la marche des
auteurs de ce noir complot : arrachons-leur le mafque.

Vous vous rappelez, citoyens, la farce grotefque dans laquelle
ces fourbes firent jouer un rôle fi étrange au crédule Merlin, en
l'engageant à propofer le principe funefte dont Guadet & Buzot
profitèrent fi adroitement, pour jeter des infinuations malignes
fur les patriotes qu'ils traveftirent en amis du roi, en fuppôts
du royalifme.

Vous vous rappelez cette fcène orageufe qu'excita leur inique
projet d'expulfer la famille d'Orléans dit l'Egalité : projet qu'ils
avoient propofé dans la vue de calomnier les patriotes comme
partifans des Bourbons.

Ce n'étoit là encore que le prélude de leurs intrigues.

La Convention venoit de s'engager dans un cruel embarras,
en refufant de reftreindre les chefs d'accufation aux crimes du
dix août : crimes dont la preuve juridique eft acquife; crimes
dont le récit a foulevé la nation entière, crimes qui ont provoqué votre convocation, crimes qui ne peuvent être révoqués en
doute, fans déclarer l'affemblée conventionnelle un raffemble-
ment illicite, fans déclarer les Parifiens & les fédérés de tous les
départemens, des rebelles dignes de mort.

C'eft ce qui a bien paru après la dernière comparution du tyran à votre barre ; avec quelle aſtuce ſes ſuppôts ne s'en ſont-ils pas prévalus pour le ſauver, en traînant l'affaire en longueur !

A peine ſe fut-il retiré, que Manuel s'élance à la tribune pour demander l'impreſſion de ſa défenſe & l'ajournement ; d'autres membres s'y portent en foule ; Lanjuinais a l'audace de s'élever contre la convention, de la traiter de tribunal tyrannique, & de demander le rapport du décret qui déclare qu'elle jugera Louis XVI. Lehardi & Kerſaint lui ſuccédent pour vociférer les mêmes blaſphèmes.

Duhem demande qu'on mette aux voix, par oui ou par non, ſi Louis Capet eſt digne de mort. Il ſe fait un tumulte affreux.

Révolté de ce batelage, Julien en démaſque les auteurs ; le tumulte s'accroît, les royaliſtes veulent l'ajournement, les patriotes invoquent la queſtion préalable ; le préſident, au mépris de ſon devoir, refuſe de la mettre aux voix ; les membres les plus zélés pour le bien ſe portent au bureau pour demander l'appel nominal.

Le calme ſe rétablit ; ſur la propoſition de Couthon, il eſt décrété « que toute affaire ceſſante, on s'occupera chaque jour de la diſcuſſion ſur le jugement de Louis Capet » ; propoſition qui tend à éterniſer cette affaire, en lui donnant une durée indéfinie. La diſcuſſion étoit fermée, Pétion court à la tribune, inſiſte ſur la parole, & cauſe un déſordre affreux pour ne rien dire, & finir par adhérer à la propoſition de Couthon.

Les royaliſtes ſuivent leur plan. Bien inſtruit de leur marche, j'avois annoncé d'avance qu'aucun des meneurs n'émettroit ſon opinion ſur le jugement de Louis Capet, & qu'ils ſe borneroient tous à en faire propoſer une par leurs ſuppôts : c'eſt celle qu'ont établie Azéma, Ducos, Louvet ; opinion dont Roland a inondé les départemens, tandis qu'il interceptoit celle des orateurs patriotes (1).

Lorſque cette opinion eut fait quelques progrès, vous les avez vu deſcendre à l'envi dans l'arêne, pour établir des principes deſtructeurs de toute conſtitution ; vrais principes d'anarchie que Guadet avoit jetés en avant, comme une pomme de diſcorde. Ainſi déterminés à ſauver le tyran de quelque manière que ce fût, ils ſe ſont bien gardés de faire d'abord connoître leurs

---

(1) Je déclare, pour ma part, que ce miniſtre-prévaricateur n'a pas envoyé un ſeul exemplaire de la mienne ; fait qui m'a été atteſté par l'imprimeur national.

Diſ. de Marat ſur la défenſe, &c.   A ƺ

vrais fentimens , dans l'efpoir que la doctrine de l'inviolabilité abfolue prévaudroit. Mais bientôt détrompés fur ce point , ils ont affiégé la tribune pour faire paffer *l'appel au peuple*. Jetons un coup-d'œil fur les principaux partifans de cette funefte mefure.

Dans le nombre de ces anarchiftes fe font fignalés, Salle, Rabaud-de-Saint-Etienne, Buzot, Vergniaud, Briffot, Genfonné. Tous ont reconnu que le tyran eft criminel de haute trahifon ; mais tous ont prétendu que la Convention n'a aucune miffion , aucun caractère pour le juger , foit parce qu'elle n'eft pas un tribunal, foit parce qu'elle ne peut prononcer fur rien irrévocablement, & tous ont conclu *à l'appel au peuple* , en différant néanmoins entr'eux par certaines nuances.

Salle veut que le tyran foit injugeable , attendu qu'il tenoit de la conftitution un brevet d'impunité pour toute efpèce de crimes.

Rabaud , d'après le défenfeur officieux de l'ex-monarque , affirme que la Convention ne peut le juger, parce qu'elle feroit à-la-fois dénonciatrice , jury d'accufation , jury de jugement & juge ; ce qui blefferoit toutes les règles de la Jurifprudence criminelle. Il ajoute qu'on ne fauroit enfreindre à l'égard du tyran les formes ufitées pour les autres citoyens , fans violer les lois de juftice & d'humanité , qu'il réclame à grands cris.

Buzot foutient une opinion mixte.

Vergniaud veut que la Convention juge l'ex-monarque en renvoyant au peuple la fanction du jugement , & il a conclu à ce qu'il foit banni , c'eft-à-dire envoyé à la tête des armées ennemies ; il donne même à entendre que le feul moyen de conjurer les dangers qui nous menacent, c'eft d'abfoudre l'ex-monarque , & de le rétablir fur le trône ; opinion qu'il a eu foin de ne pas laiffer par écrit , & dont la virulence difparoîtra dans les journaux à gages.

Briffot prétend que le peuple a feul le droit de juger le tyran.

Genfonné penfe qu'il faut déclarer le tyran coupable , le condamner à mort , & renvoyer le jugement à la fanction du peuple.

L'appel au peuple , feul moyen de faire abfoudre Louis le traître , eft donc l'opinion bien prononcée de ces intrigans , qui s'étoient mafqués avec tant de foin , & qui vouloient faire paffer pour royaliftes les plus chauds patriotes de la convention.

Quant à ceux que la pufillanimité a empêché de fronder l'opinion publique , tels que Barbaroux , ils fe font adroitement difpenfés d'énoncer leur fentiment.

Mais laissons-là les députés dont nous venons de dévoiler les menées, pour ne considérer que leurs opinions.

J'ai dit que pour tirer l'affaire en longueur & attendre les évé-nemens, ils s'efforcent de faire renvoyer au peuple convoqué en assemblées primaires, le jugement ou la sanction du jugement qui sera prononcé contre l'ex-monarque.

Jettons ici un coup d'œil sur les considérations politiques par les-quelles ils s'efforcent d'influencer la détermination de l'assemblée. Elles ont pour objet la crainte des ressources que la mort pourroit donner aux parens de l'ex-monarque supplicié, pour renouveller leurs prétentions au trône, & la vaine terreur du ressentiment des puissances coalisées contre nous. Mais le fils du despote détrôné n'est rien encore, & peut-être la mort l'empêchera-t-elle d'être jamais rien. Quant à ses frères & à ses parens rebelles, que sont-ils tous, que de misérables proscrits, que poursuivront bientôt la misère & l'opprobre! S'ils pouvoient un jour devenir redoutables, ce ne se-roit que de l'appui des puissances ennemies. Ce premier motif est donc nul, puisqu'il se fond dans le dernier. A l'égard de la crainte du ressentiment des puissances ennemies, c'est le seul renverse-ment du trône de l'ex-monarque qui fait le sujet de leur fureur; & c'est le rétablissement de la monarchie qui fait l'objet de leurs machinations, de leurs efforts, de leurs préparatifs de guerre.

On veut nous subjuguer par la crainte : qu'avons-nous donc plus à craindre aujourd'hui, que lorsque le perfide Louis étoit sur le trône, que lorsqu'il étoit le centre de tous les complots, qu'autour de lui se rallioient tous les suppôts du despotisme, qu'il entretenoit des intelligences avec les ennemis du dedans & du dehors, qu'il enchaînoit toutes les forces de l'état, & qu'il pesoit sur la patrie avec toutes les autorités constituées; pensez-vous que la stupeur dont elles seront frappées à la nouvelle du supplice du tyran, leur donnera de nouveaux moyens? L'impunité eût augmenté leur audace, en nourrissant leurs espérances; l'effroi glacera leur courage & brisera leurs efforts.

Au reste, les alarmes qu'on veut nous inspirer sont ridicules, si nous avons les moyens de maintenir notre liberté, & de faire respecter notre indépendance : le déploiement de nos forces, de notre énergie & de nos ressources; voilà mon unique réponse aux trembleurs.

Mais quels sont ces hommes qui s'efforcent aujourd'hui de nous empêcher de punir le tyran, en nous faisant peur des puissances ennemies? Ce sont les mêmes qui nous poussoient à la guerre il y a un an, en nous inspirant du mépris pour les puissances conjurées. Hypocrites déhontés, ils ont des maximes de commande pour chaque jour ; leurs principes se p●●●t aux circonstances, aux temps, aux lieux, aux hommes ; hier ils nous préchoient la guerre, aujourd'hui ils nous préchent la paix ; ils souffleroient à-la-fois le froid & le chaud, s'ils croyoient par-là mieux en imposer au peuple, & favoriser le succès de leurs desseins criminels.

Repoussons ce vil batelage, dont la pusillanimité, la cupidité, l'ambition, la crainte du châtiment s'environnent ; ils seroient les premiers à rejetter ces maximes absurdes, si elles ne servoient leurs projets.

Aux alarmes qu'ils cherchent à nous inspirer, ils ajoutent un faux respect pour le maintien des lois, un faux zèle pour la justice, un faux amour de l'humanité, de fausses idées de grandeur ; écoutez-les ravaler les trônes, s'écrier que les rois sont des hommes, ne sont que des hommes, sont moins que des hommes, eux qui ne furent jamais que les bas valets du despote qui naguères régnoit sur nous. Écoutez-les, pour lui ménager l'impunité, invoquer à grands cris les formes conservatrices de l'innocence, faire du monarque un simple citoyen, & réclamer en sa faveur la jurisprudence ordinaire.

Quel est donc ce tendre intérêt qu'ils affichent pour un affreux despote, qui fit si long-temps le malheur de la France, qui exposa tant de fois le peuple aux horreurs de la famine, qui fit couler le sang de tant de milliers de citoyens, qui entraîna tant de fois la patrie sur le bord de l'abyme, eux qui ne donnèrent jamais une larme aux malheurs des infortunés, eux qui n'élevèrent jamais la voix en faveur des opprimés, eux qui laissent gémir dans les cachots les innocens qu'y précipita l'ordre arbitraire des prévaricateurs, eux qui abandonnent sans pitié les soldats de la liberté à la tyrannie des chefs, eux qui voient d'un œil sec les désastres de la patrie, eux qui ont contemplé de sang froid les massacres de Nîmes, de Montauban, de Caen, de Douay, de Nancy, du Champ-de-Mars, des Tuileries ? Eh quoi ! leur cœur s'émeut de pitié pour le tyran, & ils sont sans entrailles pour les innombrables victimes de la tyrannie ?

D'où vient donc l'importance qu'ils attachent au jugement de Louis, la fureur avec laquelle ils s'élèvent contre la prétendue précipitation de ceux qui demandent son supplice ? Faut-il le dire ? de ce qu'ils tiennent à son sort par des nœuds secrets, qu'ils s'efforcent de couvrir de l'humanité & de la justice.

J'ai dévoilé la fausseté des prétextes, je vais développer la fausseté des raisons.

(13)

Le grand art de nos sophistes est de confondre tous les rapports, en appliquant à des questions de haute politique les règles de la jurisprudence ordinaire. Au lieu de raisonner en hommes d'Etat, ils arguent en praticiens, en suppôts de la chicane.

Forcés d'abandonner l'égide de l'inviolabilité, dont ils ont fait un essai peu flatteur ; ils se sont étudiés à ravaler la royauté pour ramener l'ex-monarque dans la classe des simples Citoyens, & invoquer en sa faveur les formalités observées dans la procédure d'un simple particulier. Puis, prostituant les maximes les plus sublimes de la philosophie à leurs vues criminelles, *un roi n'est qu'un homme*, s'écrient-ils *avec dédain* ; pourquoi donc suivroit-on à son égard des règles particulières ?

Mais, non, ils ont eux-mêmes jeté le masque & abandonné leurs propres maximes, en attachant une si haute importance à cette procédure : aveu formel que l'auteur de tant d'attentats n'est pas un simple citoyen, mais un tyran. La constitution l'avoit séparé de tous les citoyens, pour en faire un être privilégié : il seroit donc ridicule de vouloir le juger dans la forme ordinaire.

Quoi donc, demandent certains orateurs, d'après son défenseur officieux, la Convention peut-elle juger le despote détrôné ? Ils soutiennent la négative, & ils accusent le sénat national d'usurper le pouvoir judiciaire, de confondre tous les pouvoirs, & de les cumuler dans ses mains : cumulation qui anéantiroit bientôt toute liberté.

Mais pourquoi affecter eux-mêmes de confondre la Convention avec une simple législature, & l'ex-monarque avec un simple particulier ? Si la Convention n'étoit que corps législatif, ils auroient raison, sans doute : mais elle est revêtue de pouvoirs illimités, c'est-à-dire, de tous les pouvoirs pour sauver la chose publique : il n'est donc aucune mesure de sagesse & de force jugée nécessaire, qu'elle ne soit autorisée à prendre, pour assurer le triomphe de la liberté ; car, comme quelqu'un l'a très-bien dit, elle est une assemblée révolutionnaire. Or, quand il faudroit sacrifier toutes les règles au salut public, la première des lois, je soutiens qu'il n'est pas un de nous qui ne soit tenu à le faire, pas un de nous qui dût hésiter un instant.

On prétend que la Convention Nationale n'a pas le droit de statuer irrévocablement sur le sort de l'ex-monarque. Cette prétention ridicule est démentie, par l'acte même de convocation ; car c'est après le massacre du 10, époque où la nation révoltée des attentats du tyran, ne pouvant l'écraser elle-même, vous remit son glaive pour la venger, & la délivrer pour toujours de ce monstre atroce. Vous avez donc le droit de l'envoyer au supplice, ne fût-ce que comme mesure indispensable de salut public.

La Convention elle-même ne douta jamais de la plénitude de ses pouvoirs à cet égard. Car si vous n'étiez pas complettement autorisés à prendre irrévocablement toutes les mesures de salut public, de quel droit avez-vous prononcé une peine capitale contre les machinateurs ? De quel droit ordonnez-vous le déployement de la force publique, contre les attroupemens ? De quel droit mettiez-vous les perturbateurs de l'ordre établi sous le glaive de la soldatesque ? De quel droit avez-vous décrété la continuation de la guerre ? Or, qu'avez-vous fait dans chacun de ces cas, que signer irrévocablement l'arrêt de mort d'une multitude de citoyens coupables, dont le plus indigne est mille fois moins criminel que l'ex-monarque. Que dis-je, d'une multitude de citoyens innocens, dont le moins recommandable a bien mérité de la patrie ?

Prétendront-ils que l'ex-monarque tout couvert de crimes, est un être d'une toute autre importance pour la nation, que deux cent mille bons citoyens qui la servent aux périls de leur vie ? C'est la prétention des suppôts du despote, je le sais ; mais quel homme assez infâme parmi les partisans de l'appel au peuple, oseroit y souscrire ?

Les sophistes que je combats ont bien prouvé que s'ils savoient aventurer de faux principes, ils ne savent pas en tirer des conséquences, & qu'il est plus facile d'être mauvais déclamateur que bon dialecticien : remettons-les sur la voie, en raisonnant pour eux.

Ils vous disent : *ou le peuple veut la mort de Louis XVI* (1), *ou il ne la veut pas : comment connoître son vœu, si ce n'est en le consultant dans ses assemblées primaires ?*

Observez bien, citoyens, que ce dileme doit s'appliquer à tout malfaiteur condamné au supplice : car s'il est vrai, comme ils l'assurent, que Louis XVI ne soit qu'un homme, pourquoi jouiroit-il de quelque privilège particulier, & pourquoi feriez-vous une exception en faveur du plus affreux de tous les scélérats ?

Ils vous disent *Que la souveraineté du peuple est inaliénable !*

---

(1) Jérôme Petion a fait ce sublime argument. Si vous faites décapiter Louis Capet, et que la nation ne veuille que sa détention, comment lui remettiez-vous la tête ?

Qui en doute ? Mais appellent-ils donc ufurper la fouveraineté du peuple, faire ufage des pouvoirs qu'il a délégués, & remplir une miffion qu'il a donnée !

Ils vous difent *que la loi eft l'expreffion de la volonté générale, & que la volonté ne fe repréfente pas :* d'où ils inferent que c'eft au peuple lui-même à prononcer. Tout gouvernement repréfentatif eft donc impoffible ; comment donc la Convention feroit-elle l'affemblée des repréfentans du peuple ? Que feriez-vous donc, citoyens, que des intrus fans miffion, fans caractère, qui s'affembleroient avec appareil pour difpofer de la fortune publique, & bouleverfer l'tat ? Mais eux-mêmes, que feroient-ils, que des incenfés ou des frippons ? Si les maximes qu'ils établiffent avec tant d'affurance font vraies ; je leur demande ce qu'ils font ici, & comment ils ont le front de toucher le falaire que la nation affigne pour s'acquitter des devoirs qu'ils fe déclarent dans l'impoffibilité de remplir ! Qu'ils répondent : au lieu de cabaler pour fe faire nommer à la Convention, que ne font-ils récufés comme inhabiles, en difant à leurs commettaans : *la volonté ne fe repréfente pas, la fouveraineté du peuple eft inaliénable : allez exercer vous-mêmes vos droits.*

Ainfi dans un gouvernement où leurs maximes feroient admifes, le concours de tous les membres de l'état à chaque chofe eft indifpenfable ; & pour délibérer définitivement fur le don d'une épée, la création d'une place d'huiffier, la vente d'une chaumière nationale, il ne faudra pas moins convoquer la nation en affemblées primaires, que pour fanctionner la conftitution.

Qui ne voit que ces maximes font deftructives de tout gouvernement repréfentatif ; que dans un état de quelque étendue, elles ne peuvent qu'établir l'anarchie la plus affreufe ? Or, dans un état tel que la France, admettez-les un inftant & l'empire eft diffous.

Tous ceux qui jufqu'ici ont traité à la tribune la queftion de l'appel au peuple, ont paffé à côté des principes ; ou plutôt de leur jufte application.

Il eft vrai que la loi doit être l'expreffion de la volonté générale, mais de la volonté éclairée & fondée fur les règles de l'éternelle juftice ; car un décret évidemment injufte, fût-il fanctionnné par la nation entière, n'eft pas une loi.

Il eft vrai encore que la fouveraineté du peup'e eft inaliénable, & que les droits du citoyen font imprefcriptibles ; d'où il fuit que c'eft à la nation de fanctionner les lois faites par fes repréfentans.

Enfin, il eft vrai que pour ne pas s'expofer inconfidérément à perdre ses droits, la nation ne doit faire, **par ses** représentans, que ce qu'elle ne sauroit faire par elle-même.

Conclurons-nous de-là, que c'est à la nation de sanctionner chaque décret, & de ratifier chaque acte de souveraineté nationale, chaque mesure de salut public ordonnée par ses représentans, comme l'ont inféré presque tous ceux qui ont soutenu l'appel au peuple ? Non, citoyens, car ce seroit renverser de fond en comble le gouvernement représentatif, seule forme possible dans un grand État, qui veut unité de gouvernement.

Pour vous faire sentir toute l'absurdité de leur système, je ne m'attacherai pas à développer le ridicule d'une grande nation sans cesse convoquée, & sans cesse assemblée, pour délibérer sur les arrêtés pris par ses représentans, quelque mince qu'en fût l'objet. La massue d'Hercule mise en mouvement pour tuer une mouche, en seroit une foible image. Mais je dis que la chose est de toute impossibilité : car, dans le système de l'appel au peuple, chaque membre de l'association politique étant appelé à statuer sur tout ce qui regarde l'association entière, chaque point de l'État en deviendroit le centre, chaque individu seroit métamorphosé en législateur, chaque assemblée primaire en sénat national. Voilà donc tout père de famille, tout marchand, tout artisan, tout laboureur, tout manœuvre forcé d'abandonner le soin de ses affaires, sa charrue, les atteliers, son métier, pour ne plus s'occuper que de discussions politiques, économiques & militaires, auxquelles il n'entend rien ; que dis-je, les voilà forcés de consumer les jours & les nuits à écouter la lecture des matieres dont ils doivent connoître, sans trouver même l'instant d'apprendre les noms des objets sur lesquels ils doivent statuer. Réalisez quelques mois le système de l'appel au peuple, & bientôt la terre inculte se couvrira de ronces, l'espece humaine périra d'inanition, & l'État ne sera plus qu'un désert.

Loin de nous ces rêveries politiques d'écoliers ineptes, ou plutôt de frippons déhontés ; laissons les hommes à leur place ; le laboureur à sa charrue, le marchand dans son comptoir, l'artisan dans son attelier, le savant dans son cabinet, le guerrier sous la tente.

C'est au peuple à appeler les sages dans le sénat de la nation, & c'est aux sages à régler les intérets du peuple, à consacrer ses droits.

Faut-il donc, direz-vous, qu'il s'abandonne aveuglément à la foi de ses mandataires ! non assurément.

Mais, citoyens, il n'est qu'un moyen praticable de les forcer.

à ne jamais porter atteinte à fa fouveraineté , *c'eft de déclarer que tous leurs décrets feront fimplement provifoires ; 'eft de reftreindre fa fanction aux feules loix conftitutionnelles , c'eft de ftatuer folemnellement pour dernier article de la déclaration des droits, que tout décret portant atteinte aux lois conftitutionnelles, eft abfolument nul , illégal , vexatoire , tyrannique, & qu'il eft licite de s'oppofer à fon exécution , même à main armée.* Claufe indifpenfable , mais toujours écartée , toujours omife par les légiflateurs infidèles qui vouloient rendre illufoires & les droits du citoyen , & la fouveraineté du peuple.

Parmi les moins ignares de ceux qui demandent aujourd'hui l'appel au peuple, Buzot, Briffot & Pétion, ont bien fenti que cette mefure appliquée à tous les actes du corps légiflatif, feroit deftructive de tout bon gouvernement. On fe rappelle avec quelle chaleur le premier s'éleva il y a un mois, contre la propofition de foumettre chaque décret à la fanction du peuple ; & à peine y a-t-il huit jours, que le dernier propofa de n'y foumettre que les actes importans du légiflateur, tel que le jugement de l'ex-monarque ; mefure que plufieurs autres fuppôts de l'appel , propofoient comme une belle occafion de faire faire à la nation le premier effai de fa fouveraineté.

Mais admirez l'inconféquence. Ceux qui propofent l'appel au peuple fur le jugement de l'ex-monarque, n'ont eu garde de le propofer fur le renverfement du trône, la profcription de la monarchie, le changement de la forme du gouvernement, la continuation de la guerre, la diffolution des biens nationaux, actes légiflatifs d'une toute autre importance que le jugement du defpote détrôné, mais dans lefquels ils trouvoient fans doute leur intérêt. Eh quoi! n'eft-ce donc que pour bouleverfer l'état, difpofer à leur gré de fes forces & de fes tréfors, dilapider la fortune publique, & envoyer à la mort des millions de citoyens, qu'ils oublient la fouveraineté du peuple ? Et ne fe rappelleront-ils de fes droits que lorfqu'il s'agit de ratifier la fentence de mort du tyran qu'ils ne veulent pas envoyer au fupplice ! Mais s'ils font fans miffion, fans pouvoirs pour confommer le dernier de ces actes, comment ont-ils pu prendre fur eux de confommer les premiers ?

Je le fais, meffieurs, il eft des maximes de circonftances ; mais ces maximes font des mefures de néceffité, & non des principes conftitutionnels.

De ce nombre eft l'appel au peuple , quand l'une de fes fections eft opprimée par les autorités conftituées. Telle étoit la pétition que les bons citoyens de Paris signèrent au Champ-de-Mars pour demander le jugement du monarque parjure, que le sénat vouloit absoudre contre toute justice : seul moyen qui leur fut laissé pour résister à l'oppression, ou, si l'on veut, mesure de nécessité, dont les auteurs de l'appel au peuple s'étayent aujourd'hui, pour accuser d'inconséquence leurs antagonistes.

Ils nous accusent d'inconséquence ! Les lâches ! ils savent bien que nous ne voulumes jamais que le salut de la patrie. C'est pour la sauver que nous demandâmes alors l'appel au peuple ; & c'est pour le sauver encore que nous le rejettons aujourd'hui ; mais ceux-là, s'ils parurent jamais épouser la cause de la nation, ce fut toujours pour vendre ses droits.

Ce peuple, devant lequel ils abaissent si fastueusement les faisceaux en ravalant les fonctions du législateur ; ils l'ont méconnu eux-mêmes toutes les fois qu'il fut question de l'opprimer, de le dépouiller, de l'enchaîner ; ceux qui vous crient qu'*il est temps enfin de le faire jouir de ses droits*, & qui vous demandent *jusques à quand vous le tiendrez à la lisière*, sont les mêmes qui l'ont engagé, & sans le consulter, dans une guerre désastreuse, qui a coûté à la patrie deux milliards & trois cent mille de ses meilleurs citoyens ; qui a causé le ravage de ses plus belles campagnes, & qui auroit fini par anéantir la liberté, si la nature n'avoit enfin combattu pour nous. Ces hommes qui, depuis peu, prêchent la souveraineté nationale, comme un moyen de faire absoudre le tyran, sont les mêmes qui la fouloient aux pieds à l'ouverture de l'assemblée législative, lorsqu'il fut question d'abaisser, devant la majesté nationale, la morgue de son premier agent, en réglant l'étiquette entre le législateur & le prince. Vous vous en souvenez, citoyens : ce sont Guadet, Vergniaud, Gensonné qui ont proposé la députation de deux cents membres, pour aller aux Tuileries le 10 août. Ce sont eux qui ont fait nommer les députés à la Convention, par les corps électoraux, au mépris du droit des assemblées primaires qu'ils réclament aujourd'hui. Ce sont eux qui, de leur chef, & sans aucune autorisation de l'assemblée nationale, capitulèrent avec le despote, le 26 juillet dernier, pour lier la nation, l'empêcher de briser ses fers, & enchaîner ses efforts révolutionnaires.

Les hypocrites ne se souviendront-ils donc jamais des droits du peuple que pour les trahir ? N'en appelleront-ils donc à sa volonté suprême que pour assurer l'impunité du tyran, & le replacer sur le trône ?

d'allumer les torches de la guerre civile. Seroit-ce donc là le but de l'appel au peuple ? J'ai prouvé que c'est là qu'il tend.

Je n'ignore pas que, parmi les membres qui paroissent adopter cette mesure désastreuse, plusieurs y sont déterminés par irré-flexion & pusillanimité ; ils tremblent d'attirer sur leur tête une grande responsabilité, en signant l'arrêt de mort du tyran : mais quelque parti qu'ils prennent, leur responsabilité est la même, ou plutôt elle est nulle en le condamnant, car ils ont pour cela mission expresse.

Je n'ignore pas non plus que plusieurs autres y sont déterminés par leurs intérêts, leurs espérances : ce sont des partisans nés du royalisme.

Mais ce n'est pas là le motif des meneurs de la faction ; à leurs violentes agitations pour faire passer cette mesure funeste, dont personne ne voit mieux qu'eux les suites désastreuses, il n'est que trop évident qu'ils regardent comme le seul moyen d'arracher le tyran au supplice, d'empêcher qu'il ne les dénonce comme ses complices, & d'ensevelir de la sorte leurs propres trahisons dans la nuit éternelle de l'oubli : car, n'en doutez-point, le despote n'a pas conspiré seul ; il a des complices qu'il ne manquera pas de dénoncer, s'il est condamné à périr sur l'échafaud ; peut-être même ne faut-il pas être bien fin pour savoir aujourd'hui sur quelles têtes doit reposer le soupçon.

'Ce qui donne un grand poids à cette conjecture, c'est que ceux qui proposent l'appel au peuple pour sanctionner la sen-tence de mort du tyran, ne le proposent pas pour sanctionner la sentence de bannissement. D'où vient cette inconséquence dans deux actes émanés de la même autorité & déduits des mêmes principes ? De ce que la mort du tyran déjoueroit leurs complots, & que le bannissement en assureroit le succès ; une fois en liberté, il pourroit se mettre à la tête des armées ennemies, & ils seroient affranchis de leurs craintes.

Il est donc vrai que, sous prétexte de maintenir la souveraineté nationale, ceux qui en appellent au peuple pour rejeter sur leurs crimes un sombre voile, anéantissent, de leur autorité privée, cette même souveraineté, en vous dépouillant des pou-voirs qu'il vous a conférés, & en vous destituant de la mission dont il vous a chargés ; car si vous êtes sans mission & sans pou-voirs pour envoyer le tyran au supplice, vous êtes sans pouvoirs & sans mission pour extirper la tyrannie, pour changer la forme du gouvernement, pour abolir la monarchie, & décréter la république.

En adoptant leurs maximes abfurdes & funeftes, vous renoncez donc à votre miffion ; vous annullez vous-mêmes vos pouvoirs. Et comment ne voyez-vous pas qu'une fois reçues fur ce point, il n'y auroit pas un feul décret fur lequel on ne pût exiger à l'inftant l'appel au peuple, & le renvoi devant les affemblées primaires ? Que deviendroit alors le légiflateur ? organe ridicule de la volonté générale, qu'il n'auroit aucun droit de faire refpecter, il feroit réduit aux triftes fonctions de préparer des projets de lois pour les préfenter l'un après l'autre à la décifion du peuple, comme un commis de la ferme préparoit des projets de concuffion pour fon principal ; & il feroit fans ceffe exposé à voir ses délibérations altérées, dénaturées, rejetées ; ou fi elles étoient quelquefois adoptées, ce feroit pour le charger de les remettre au pouvoir exécutif.

Et où nous mèneroit donc cette fluctuation perpétuelle, ces ofcillations éternelles des délégués aux commettans, & des commettans aux délégués ? Quel moyen plus efficace pouvoient imaginer nos ennemis, pour perpétuer à jamais l'anarchie parmi nous ? Mais quoi ! dans l'impoffibilité où eft le peuple de jamais connoître des affaires d'état, de faire les lois, d'inftituer un gouvernement ftable, de prendre des moyens efficaces pour détruire l'anarchie & punir le tyran, vous avez été chargés d'exercer fa puiffance fouveraine ; & de ridicules ou de criminels fophiftes d'entre vous réclameroient la fouveraineté du peuple, pour paralyfer vos opérations ? Il vous auroit commis pour affurer fa liberté, & vous lui remettriez votre miffion, en confervant fes pouvoirs. Semblables à un général d'armée qui auroit reçu du cabinet carte blanche, & qui s'en référeroit à lui pour le plan de bataille, au moment de la livrer. Quel traitement mériteroit cette conduite, fi ce n'eft le renvoi honteux d'un pareil ferviteur, avec certificat d'imbécillité ? Voilà, Citoyens, le fort qui vous attend, fi vous trompez l'efpoir du peuple.

Ceux qui fe font efforcés de faire adopter l'appel au peuple, fe font mis eux-mêmes dans la cruelle alternative d'être regardés comme des imbécilles ou des frippons ; qu'ils s'arrangent, c'eft leur affaire : quant à vous, citoyens, fi vous pouviez héfiter un inftant à rejetter cette funefte doctrine, vous feriez indignes de la confiance de vos commettans, indignes de fiéger dans le fénat de la nation.

Votre premier, votre grand, votre unique objet dans la queftion qui vous occupe, doit être de remplir avec fidélité, courage & conftance les fonctions importantes de votre miffion ;

c'est de délivrer la nation d'un tyran dont elle ne sera affranchie
que lorsqu'il sera renversé dans la poudre ; c'est d'ôter aux ennemis de la révolution leur point de ralliement par la terreur
que ce spectacle jettera dans l'ame des machinateurs, & de rétablir l'ordre, la paix ; c'est de cimenter la liberté publique avec
le sang du despote.

Je le répète, l'appel au peuple tend à ranimer les espérances
des suppôts du royalisme, à favoriser leurs menées, leurs caba-
les, leurs intrigues ; à y exciter des dissensions intestines qui al-
lumeroient bientôt les torches de la guerre civile, & qui entraî-
neroient enfin la dissolution de l'état.

Si le funeste décret que les suppôts de la faction criminelle
s'efforcent de vous arracher étoit jamais rendu, je prends acte
aujourd'hui de mes efforts pour m'y opposer, en vous rappellant
aux vrais principes, & pour prévenir les désordres, les malheurs
& les scènes sanglantes que vous auriez provoquées.

Mais, non, vous sauverez la patrie, en repoussant l'atroce
projet, & vous assurerez le salut du peuple, en faisant tomber
la tête du tyran. Je demande que sa condamnation soit irrévocablement prononcée par appel nominal, & qu'il expie enfin,
sous le glaive de la justice nationale, ses nombreux, ses atroces
forfaits.